新江西诗派书系

谭五昌 主编

吴光琛 邓涛 刘建华 副主编

万物横生

邓涛 著

江西高校出版社
JIANGXI UNIVERSITIES AND COLLEGES PRESS

图书在版编目（CIP）数据

万物横生 / 邓涛著 .-- 南昌：江西高校出版社，2024.1
（新江西诗派书系 / 谭五昌主编）
ISBN 978-7-5762-4231-7

Ⅰ.①万… Ⅱ.①邓… Ⅲ.①诗集—中国—当代
Ⅳ.① I227

中国国家版本馆 CIP 数据核字（2023）第 179107 号

出版发行	江西高校出版社
社　　址	江西省南昌市洪都北大道 96 号
总编室电话	（0791）88504319
销售电话	（0791）88517295
网　　址	www.juacp.com
印　　刷	浙江海虹彩色印务有限公司
经　　销	全国新华书店
开　　本	889 mm × 1194 mm　1/32
印　　张	4.875
字　　数	100 千字
版　　次	2024 年 1 月第 1 版
印　　次	2024 年 1 月第 1 次印刷
书　　号	ISBN 978-7-5762-4231-7
定　　价	40.00 元

赣版权登字 -07-2023-713

新江西诗派书系

总序　　2002 年 4 月，时在北京大学攻读文学博士的我在江西赣州举行的谷雨诗会上，以一位青年评论家的敏锐与热情，在发言中大胆倡议创立新江西诗派，以合理继承江西诗派的衣钵，全面整合新世纪（21 世纪）江西诗歌（新诗）创作资源，大力推动江西诗歌（新诗）的发展。未曾想到，我创立新江西诗派的倡议在与会的数十位江西籍诗人与评论家当中获得了热烈的响应与一致的支持。就在当年的 10 月份，由我主编的《新江西诗派》创刊号以民刊的形式问世，一下子推出了四五十位新江西诗派成员的作品，人气之旺盛，令我深受鼓舞，随后得到了诗坛许多有识之士的热情肯定与大力支持。更让人欣喜的是，"新江西诗派"作为一个诗歌流派概念很快被正式收录进百度词条当中。2012 年，我联合一些江西籍知名诗人，编选了《21 世纪江西诗歌精选》一书，意图总结新江西诗派成立十年来江西籍诗人们（以新江西诗派成员为主体）的创作成绩。该诗歌选本在江西诗歌界产生了广泛而深远的影响，由此凸显了新江西诗派成员们令人瞩目的创作实力。2022 年年初，时值新江西诗派创立 20 周年之际，我萌生了编选"新江西诗派书系"的想法，意在对新江西诗派重要成员的诗歌创作成果，进行集中性的展示，以充分呈现江西作为一个诗歌大省在当下中国诗坛的地域性特色与独特的思想艺术风貌。我的想法很快得到了江西高校出版社的肯定与认可，于是我在 2022 年上半年便开始着手"新江西诗派书系"（第一辑十卷本）的组稿与编选工作。

这套"新江西诗派书系"（第一辑十卷本）集中推出刘立云、程维、雁西、吴光琛、大枪、邓涛、胡刚毅、王彦山、舒喆、谭五昌等十位新江西诗派代表性诗人的个人诗集。在较大程度上，这十位诗人的诗集呈现出了新江西诗派诗歌创作的群体风格、个性特色与美学格局。由于这套"新江西诗派书系"（第一辑十卷本）着力凸显流派风格与地域特色，可以预见，这套诗歌书系的编选与出版，将充分彰显其独特的审美艺术价值与可能的文学史（诗歌史）价值，从而获得当下中国诗歌批评界与研究界的应有关注与重视。

是为序言。

谭五昌

2022 年 10 月 22 日深夜写于北京京师园

2023 年 6 月 13 日改定于北师大珠海校区

目录

万丈的人间

我在天台上，趿拉着一双鞋，自顾抽烟

烟雾里看这万丈的高楼，万丈的红尘，万丈的人间

我们的生活，我们的繁衍

一格一格的悲喜立起的绝壁

每个家都是耸立的悬崖上的一个窟

一层层垒起的人间在我脚下踢踏踢踏地响

我像是在荒寂的山巅，给 5G 的世界点起烟火

滑落

他在床榻上努力发音

许久以前，他还是婴孩的时候

也曾经这样努力

被辅音甩了的元音，像从音节上脱落的碎渣

他哭了，像在呼应出生时的自己

仿佛一生就是两场哭

仿佛拥有过的岁月，就这样轻易地滑落

波尔多的晴天

阳光休眠在圆形酒桶里

它们一点一点地

在舌尖上苏醒

封存已久的情绪与体温

在肉身的容器里继续着一场发酵

啤酒用于浇灌，白酒用于燃烧，红酒用于倾听

纯正的法语里一定有葡萄的浓酽

到了三更的刻度，我惦记起波尔多的晴天

挂一万颗在空中

吉伦特河将酿出绵厚的黎明

运往大西洋

半百

人过五十，视线模糊
我已看不清是非的界限
对我好的，就是好人
对我不好的，就是坏人

一大早，老婆掀开我的被子
喊我去买菜
我骂咧咧的，你这个坏人

中元

把先人运到山上、田间
一层又一层土，盖好

回到朴素的农耕时代
打一串爆竹，向你问好
烧一堆繁华给你
人间的所有都是纸制的
看着坟群，一片清寒的旧江山

这些年，我也开始忘事
好的和不好的渐渐模糊了
我仰起头，他们一闪一闪地
像是忙着标注天堂的方位

右食指

这些年，还是改不了

想事的时候，习惯用右食指

有节奏地敲着桌面

对于捉笔的人，右食指

就是权威

让一张空白的稿纸

在木头的桌面上

开化，开窍，生出花

大拇指顶着右食指

在稿纸上铲着雪

像铲一条走到春天的通道

谢一夔

删掉道路和屋舍，删掉小民的日常

删掉我们的脚步，删掉，一直往下删

包括有关历史和地理上的繁文缛节

统统用粗壮的笔删了

只留下谢一夔就可以了

武林中人正血雨腥风争夺天下第一时

他在天顺四年顶尖文人的对决中

轻松得了状元

从此，谢一夔成了乔乐乡的标识

谢一夔成了江右的榜样

谢一夔成了大明朝的楷模

十年寒窗，将书读破

努力换一个

和谢一夔一样的锦绣前程

雨后

阳光从雾层的薄处

洇向树木，小路，在水面上浮动

我默然的眼神，停在手中荡漾的咖啡上

想起路过的那场雨

收缴了整座城市的声音

此刻，我与那些阳光接上了头

可以透口气

可以安稳地喝完一杯加了点糖的咖啡

出九

一场仪式过后

冬天才像个冬天

那些鸟

一群流落人世间的穷孩子

天空是它们狠心的父亲

每个人都是它们眼中的权贵

它们懵懂地在大地上乞食

一把碎面包，就是它们的未来

它们不知道数多少个九

才能在阳光深处

找到春天的样子

旁落的皇冠

到了昌邑，长安就是异乡
他将陌生的水土温暖成家
却来不及老去
下葬的地方是子孙们封存的故里
一场大哭，南方涨水，赣江流不到长安

时间与命是一对秘数
一座大墓仿佛概括整个海昏侯国
一个历史学的冷知识被普及
大落，大起，海昏侯国遗址公园是他重建的王城
擦去器物上二千多年的隐忍
他再见天日，在石像里复位
找回了那 27 天的尊贵
落难的近臣穿过几十道轮回来看他
还见到一位泪流满面的
年轻人，他的后世
愣愣地盯着铜镜——
万物始终往复，这世界旁落的
何止一冠

白水城

往南，下天山，就是白水城

一道剑光穿开的河道

天山微缩成了浪的形状

起伏地喘着，很急，赶过一连串的水响和那些马蹄

赶过旷远的孤独

它带着一千尊佛的旨意

赐予干渴的大漠以天空的清凉

它收下沉甸的阳光和白帛般的月色

收下很多儿女，它走过的地方就是他们厮守的土地

它要让所有的树长起来，用果园里的花遮住人间情事

它一定要在纷扰的风沙中找到姑墨

以便鸠摩罗什回来时，不会陌生

月光吟

孤轮在空，许多投奔它的鸟，最后都回来了

一束月光，像纤，拉扯着它

拉进江海就有了诗

拉进树林就有了爱情

拉进窗下，它就是一路追赶的冷兵器

攻入我的泪腺，我是一个离女儿二千里的父亲

离母亲大半年的儿子

春秋

我躬着背，用汉字整齐地记述着：
高祖父在一方方的地里躬身种菜
我叹口气，放下笔，像放下锄头
看着稿纸，撒了一层雪的菜园
前后一百年吧，我们家都没改行

纸上有了秋天

一束忧郁的目光落下

纸上有了秋天

笔尖沙沙地走进森林

我想去见你，用一首诗的路程

到达那棵樟树

三十多年，树木不见老

而我们满脸憔悴，枯发丛生

对着苍天

我丢掉了我的哺乳期

丢掉了我的童年

丢掉了我十七岁的雨季

丢掉了不惑的四十

丢掉了半百的年华

直到把整个人间丢掉

我看见有人一路捡

重复我狂妄的样子

重复我愤怒的样子

重复我悲伤的样子

从几万年，几千年，几百年……

一路走过人间，对着苍天

老牙

入春没几天，又一颗牙齿开始松动

牙槽，隐蔽在口腔里

那个最小的荒芜

却扯动着泪水

就像岁月拔去我的每一天

我还是，一颗扔在房顶

一颗扔在床下

脸庞越堆越多的褶皱

像一层层，推开春天的

涟漪

一盆水里的月亮

我用一盆水装着月亮

不小心漏进几滴酒

于是，一盆水里的宋朝

有了醉意

晃晃地让我想起很多人

我用一盆水装着月亮

让它离我近些

那些人就离我近

我不想将手伸入盆中

我们的手捏着太多的俗事

能守着一轮月亮的人生

那是多么安静的存在

日常的一盆水

说浇就浇掉

说翻就打翻

在月亮面前

我们没有辩护的资格

趁这盆水还在

留恋一下

前世皓然的长相

上高暮色

我们捡到了弹壳

小心包好这久远的枪声

像藏起眼泪

人都死了

几片林子还守着山头

松树也好，柏树也好，杉树也好

像队伍的番号

想替一些具体的树木取个名

能记得清的是几个将官

"某"成了最广阔的代称

剩下暮色

一面撕破的旗帜

照着我们的脸，一群没死的人

像姗姗来迟的援兵

走了八十年才到达阵地

我看秋天真的来了

我看秋天真的来了

选择这个季节打开花瓣的植物

一定有着高冷的个性

我的胸中还有点燥热

我的喉咙还盘旋着昨夜的烟味

我泡开一杯茶

缓解一下昨夜想的那些事

我盯着秋天在外面的街上悠闲地走

我的手捡起一粒粒掉落在心底的汉字

在这个秋天里

就和自己好好地待在一起

在路上

夜，深埋着一种情绪

寡淡的笑容装饰行行无节制的雨

我们都走在回家的路上

乱碰乱撞着一个城市的黑

人间，这场虚构的大故事里

撒了一地庸常的脚印

酒还在梦里异形地成长

谁来割下我们的孤愤

谁在黎明开始的时候，扯下

漫无边际的幕帐，生活腌制的秋天

我们就在这么一条路上

茫然地喊着故乡

八大山人的茶

我们像八大山人一样嗜茶

一样喜欢耕香寺边上的茶

江湖收缩在一盏茶汤里

两个指头就可以将它举起

向着寂静的深处

嘬一口，再嘬一口

就能听到耕香寺的钟声

只有被茶汤洗过的心境

才能打坐

一亩茶园能生产多少暖意的茶汤

万世的虚空跟随它

路过我的身体

一口又一口，为我们的生活押韵

一个人潜藏在茶汤

像时间里的一本秘籍

打开就有枯笔的至简

就有一个鸟鸣啁啾的清晨

就会切换到我们的前生

八大山人的孤寂养在一盏茶里

他有一千亩茶园的庇护

一盏耕香红茶引路，与八大山人结交

荒芜的灵魂开始生长春天和无边的想象力

所有的颠沛开始中止

生命的背面微微漾起一层隐秘的高贵

寄书院诸子书

我们寄宿于浑浑莽莽的人世间，怀揣不安

没有抒情的日子是干燥的

苍茫过后，留存着瓷质的内心，剔透，清响

渐老的读书人带着岁月的刻画，穿过了纷扰的大地

静下来，静成一个共生、宽怀的社区

生活给予你最好的奖赏，是有一群可贵的朋友

每个人像一个词，像在典籍里

万卷书的一卷，苍生的一小撮

艺术是一种教义

不打扰这个世界，孤独是丰实的

回收着古老的情感，成为养分

仿佛逃逸于此

集结在可纪念的时光旅程

在社会的深处，就这样长出了一个桃源

滩头

向夏天的深处叙述

可以撞见刚烈的阳光，抽搐的闪电

河的调性变得泥沙俱下，混浊阔大

其实，我更喜欢它母性的明媚

那些柔软的形容词关照着夕阳

一群牛在滩头饮着鲜艳的河水

清凉的渠蜿蜒地补充一片田野的内容

菊花

渊明兄的诗文里透露了一些秘密

有菊花的地方就是他的故乡

秋天的版图到处是菊花的徽标

人生需要扔掉的东西太多

大壶的酒下肚

达到七分醉才能轻松地出发

在一场大睡眠里有一片偏远的田亩

隐秘着与时间无关的人

他们在菊花的底下

每年都虚构一个没有野心和欲念的秋天

急步走

从院子出去，横穿马路，一直到湖边

再折回

遇上熟人，简单寒暄几句

每天放空些记忆，急走在固定的线路上

将一条路轰进夜色

汹涌的人群中，我的急走略显孤独

看着许多不同年龄的男女

他们像在时光的路上

有的在前，有的在后，都赶往星星中间

李老头

一把锄头挂在空旷的墙上

李老头经常把弄锄头

像摸着他的青春时代

再摸摸墙，找不到泥土的手感

他老了，脑子和锄头一样生锈

这面墙像站立起来的一块田

整个李家村都站起来了

没有池塘，没有蛙声

他看着楼下堵车的样子

想起一群栏里的羊

他深深叹口气

试着把十多年积沉的荒芜吐出来

一个抽烟的人

一个抽烟的人

在想故乡的烟囱，田野上的雾霭

他猛烈地抽着劣质烟

荒凉而漆黑的夜里

红闪闪的烟头是唯一的光亮

他需要一种缭绕，把自己环抱其中

他嗅到遥远的干草味

从灶台下冒出来，从枯黄的后山冒出来

从一根接着一根的烟里冒出来

有点呛，但一个抽烟的人

在远离故乡的地方

找一个流泪的理由，很忧伤

去他乡

黄河涌动着岁月的胃液

将那些古老的人事消化成沙砾

每天都有落日掉入苍凉的心底

每年都有雪来几遭

我们背不起这样的天空

选择一片秋天的叶，去到他乡

与一位和尚谈

他的嘴像过于热闹的山门

身上有股香火味

于是，点了支烟给他

他放下了佛

我放下了敬畏

他有他的江湖

我有我的山川

今天的谈话，完全不在一个调上

就像他合掌

我抱拳

当然还有一点，可能他会偷着吃荤

我光明正大地吃素

旧势力

女儿说，她是世界的孩子

巴黎、新加坡，中国香港、广州……

都是机翼下的驿站

我待在玩具、床铺、台灯、书籍之间

像一个旧势力

待在女儿十七岁的版图里

一些念想枯燥而浑噩

想着刚掉了的那颗老牙

想着明天出门再别落下

用了十几年的钥匙

伯父之死

伯父说，男人的世界是在外面

他走过很多地方

伯母拴不住他

孩子拴不住他

家拴不住他

现在一张床拴住了他

他说想死

一个想死的老人注定会死

舞台是撑起来的台子

床也是

他说死在床上像死在舞台上

舞台有聚光灯

床没有

唱了一辈子的戏

只有这一次

泪水是自己的

蓑笠翁

前半生寻找世界，后半生寻找自己

回头的路也是艰辛

与千里的沃野隔着嶙峋的山

钓起一条江的黑白

钓一束光

带着风霜的老灵魂

让数九的寒天下锅

在一口锅里

才能听到这个冬天翻滚的欢乐

一个中年人的混沌

每天看到阳光的时候

我知道自己还是这个世界的一员

这些年，失去了很多东西

看到阳光，我知道我还在

习惯枯燥的新闻以及冗长的家长里短

四季的跌宕惊不起心中的波澜

早上起来，漱口、洗脸，痛快地上趟大厕

晚上喝酒、饶舌的胡话，迷迷地瞅着一座城市的妖娆

食人间烟火，体验不到时间的味觉

我们是客居在后工业时代彼此消费的单元

讨论房子与骨灰盒的共同属性

以卑微的心纵述天下大势

每一天都有它的常规动作

每一天都有它的心思

无聊和睡眠中的大部分人类

像隐士影影绰绰地晃过

在教条主义的流程里过完一天和一生

像风一样放浪

我像风一样放浪，我有涟漪、芦絮

奔腾的沙，我有急雨的脚步

有冰凉的眼泪，有沉重的呼吸

有赶往江北，寻你的目光

有一块从沧海里站立起来的石头

有一道闪念

趁我还在今生，温好一杯黄酒

对着你，被风儿吹开的笑容

我有了一些醉意

在古帖里，一群好男儿

像风一样放浪，灌满我的两袖

以及生发在植物中三月的天气

小东西

对一只猫的宠爱

源于对女儿的愧疚

人生忙时,她出生了

人生累时,她在成长

人生可以歇息一下,她在远方

一只猫时刻填补着我的孤独

睡下来才安静的小东西

像婴儿一样侧身弯曲,把阳光带进睡眠

一只好奇、多事的小东西

一只不谙世事地看着我的小东西

它或许不知道自己是猫

只知道它是个孩子,乖巧的、只等长大的孩子

将猫装进怀抱

就重新抱起了十八年前的那个春天

晌午

我在读中东的战争史

那些长句短句逗号省略号，像长枪短炮子弹手榴弹

我赶快合上书，生怕成为一个目标

抱起我的懒猫，躲进被窝

噼里啪啦，有些中国的村庄开始过年

野花

风一吹，我注意到几朵野花的存在

一堆粗糙的草堵着的野花

谁也不稀罕，也不忍心采的野花

矮小，卑微，低草一等的野花

怒放着自己的春天，对生活表明态度

阳光掠过，像金属屑子，亮得扣人心弦

蓝边碗

用啤酒浇浇四十多度的南昌，浇灭西边的红日

夏天的火气噼啪噼啪溅开满天的星

蓝边碗，从桌上举到胸口，举到嘴边

举起人生的悲怆与欢喜，举起英雄气，比比我们的肾功能

生的来，死的去

我们出没在大街小巷，像一条瘦骨嶙峋的狗，养家活命

一碗碗男人的壮阔，让渐渐变凉的夜色插了空，钻进五脏

水，随遇而在

一杯水，是这个下午的中心

纵深到我的身体

寂静，连一点涟漪都没有

我的喉咙有它清澈的响声

假如一杯水能唤醒一勺茶叶

这个下午就会改变成色，改变味道

蜷缩的茶叶舒展开宽大的翅膀

我的情绪开始飞翔

我的身体足够接纳一万里朗朗的天空

雁南飞

一夜的雨，漏空了浮云

长天露出正蓝的王霸之色

习惯长途奔波的雁轰轰烈烈地横过

不惊起一丝波澜

我们像个局外人

昂起头，看着一群雁的秋天

它们和人，各有各的旷野，各有各的领地

牛虻

二十年前见她时，没出阁

再次见到她，鬓角已经有几根白丝

她在买新版的《牛虻》

她说，旧的已经翻烂了

我冒失地问了一个敏感的问题

她说她很幸福，嫁给了一本书

嫁给亚瑟脸上的疤痕

那道疤痕很疼，却是信仰

足球

一群人和一只球过不去

一只球和一扇门过不去

一支足球队和我们过不去

我们和自己过不去

也就是一只足球

像我们的生活，被零乱的脚踢来踢去

列车，停靠在某个站台

暴风雨比急驰的列车

还要猛烈

我待在车厢

同时也待在一本书中

在王阳明的哲学思想里

咣啷咣啷地行进

列车停靠在某个站台

我从书中出来，将眼神停靠在窗外

有一位打花伞的女子

模模糊糊地好像从前的某个人

她似乎在等谁

一转眼，就在腾腾的雨雾里

不见了

人生是一场漫长的忍辱

深嵌夜空的眼睛

微弱的光介入到与我们有关又似乎无关的事

旁观者设定在程序中的那些挣扎、扭动的

那些静静淌落的幸福，仰天大笑的忧伤

人生是一场漫长的忍辱

心灵收缩在窄窄的纸本

闪电抽搐地照耀单薄的土地

荒芜与繁华扯动一张煞白的脸

车窗上的中秋

一条条工整的枕木

是列车呼啸着相思，在铁轨上赶写的长诗

移走乡村、城市、森林

移走燕云十六州，移走每一段诗中的情节

移不走的是满满的中秋

那是嫦娥投奔的月亮

那是秦朝擦亮的月亮

那是李白相邀的月亮

那是东坡问候的月亮

今夜，都满满地泡在酒里

一盒月饼，一袋鸭脖鸡爪

一个男子深深的喉咙，将月色一口咽下

蜘蛛人的情诗

维系我生命的那根绳

就像你维系着我的魂灵

小妹，我就在离你天高地长的远方

在第三十九层的高楼外

脚也悬空，头也悬空

擦洗着城市的天空，擦洗着我们暖洋洋的未来

或许，我会连同所有的回忆和期待

自由落体地砸碎

但在第三十九层和地面之间

我有足够的时间让想你的魂出窍

像一只孤独的燕子找回家的门

小妹，这个城市开着许多眼花缭乱

甚至喊不出名的花

可我怎也嗅不出咱家菜花的香

那黄灿灿的一片

躲着我们的悄悄话

我为你把酒瓶想空，把月亮想跑

只有用我的诗歌来触摸你，我知道你

我的小妹正噙着秋天的眼泪

将村口的那条路想得悠悠，长长

现在，我正沿着那根绳孤独地往上爬

就像沿着那条路疯了一样地往家里赶

就像握紧你滚烫的手扑向开满菜花的田野

刨出一句又一句我们深埋的誓言

一张狼皮

一张毛茸茸的狼皮

隔着

江南湿冷的冬天

就像一片舒展的草原将我掩埋

我仿佛陷入万里之外

悲怆的长啸

那再也喊不圆灰白月亮的苍凉

如同穿透黑夜的火般的眼睛

在人心的阻挡下

熄灭成两个空空的洞

曾经疾速奔跑的遒劲的四肢

疲惫地躺在我的掌心

不再有月色覆盖狼的忧郁

一切的恩仇

没有驯化　连同狼的体味一起失忆

暖暖的狼皮

让我开始熟悉一只母狼的温度

让它在我躁动的魂灵里

继续流浪

看娘

礼拜天的时候，拎着台风过后的第一个好天气

横穿五盏绿灯去看娘的寂寞

看娘喋喋不休的唠叨，像口齿伶俐地背台词

无序无节奏感地从一只耳朵挤入

从另一只耳朵疯狂地蹿出

看娘吵吵嚷嚷地要和老头子离婚

七十多岁的人啦，生活了一辈子

儿子都五十多了，还离什么婚

去看娘抚摸我一百天照的光屁股相片

喜盈盈地谈起我的童年趣事

去看娘抽我送给她的好烟

喝我送给她的好酒，去看娘的一把鼻涕一把泪

去看娘一天天地枯老，去看娘谈死亡的可怕，见不到儿子

望不见世事

我的娘，佩戴过毛主席像章、上过山下过乡的娘

纺过纱、演过满堂喝彩的舞台剧的娘

拍过电视获过大奖的娘

现在长着老年斑，躺在农民公寓里不停地抽烟

不停地絮叨，盯着窗外进门的那条路

我的儿，该来看我了

奉节行

到了奉节，就进入蜀国版图

长江，一支执意去东吴的大军

惊涛拍打着三国

一个峡口摁住了历史

我们来奉节，逆行在浪花中间

无力阻止这支大军

无力将翻滚的岁月堵在白帝城下

石头静静地待在山岗

李世民用奉节一词

为皇叔与孔明先生树碑

没有倒退的时光，只有踉跄的秋风

峡口，迎来送往那些写诗的人

像古老的乡关

蛰居着诗魂

白帝城在一个高处

万里悲秋，杜甫往上登

历史，自然与人都有相似的法则

杜甫眯着眼，垂老的目光追不上浪花

浪花追不上李白

那生死的峡口后面

李白在一轮月的陪伴下，等他

敕勒川：暮秋的草原

牛和羊

埋头咀嚼我们的风景

嚼痛一伙空降的鸟

在暮秋

乌黑地尖叫

马蹄嘚嘚

从匈奴人的大帐里来

颠簸一队南方人的骨骼

颠簸从丹田发力的草原牧歌

向着秋天散动奶酪香的深处

进发

我们在风中感染草原的体温

晾成

丝丝凉凉的，一个叫王嫱的女生

一鞭一鞭抽亮的

圆月

羊肉馆

羊们，替我们去嚼那些青草

哪怕是啃光一个春天

我们就在冬的入口处，等你们进栏

羊皮做袄，羊毛做衫，羊骨头熬一锅

滚烫的汤

虽然我们没有狼牙，也是群食动物

感谢羊用善良暖了我的胃

填饱长长的冬天

感谢羊毛柔软了喜气的大年

还有一锅汤，滋补我多事的嘴巴

怪就怪那些北方人吧

让整个中国都学着他们在火锅里，在烤炉上

像羊啃草一样，吃羊

弃轨

响当当的铁轨

如今，只不过是一群废铁

我们的光辉岁月

悄然无息地掩埋在荆草根下

轰鸣的速度被露水打湿

一身冰凉已撑不起故乡的方向

感谢鸟虫叫唤中的跳跃

虽远不及火车的宽喉和体重

总算可以在大把大把的寂寞里有一点点

微弱的想象

理想在别的轨道上飞奔

回忆一天天被锈蚀

我们像被火车丢在一旁的几根骨头

在荒凉的风中，等待野狗

桃源

桃源是很幽深的地方

阳气进入，就有超乎逻辑的幻想

草木横生的岁月

我们都是从前朝放逐到今世的兵甲

每个人内心有一条隐蔽的路

通往自己的桃源

桃源的名字流落庸常的人间，像萎缩的脐带

我不时想起在生活的上游

有一座精神的子宫，掉落在东晋

儿童帖

我弯下腰，与你们的眉宇平行

像是舍去了一段漫长的履历

弯下五十多年的人生

返途到我来的那个快乐时空

你们就是我要搜罗的一些往事

其实，我弯下来

腰间就有一种苍茫的痛

闲坐

天空是宽厚的

田亩是宽厚的

女人的肚子是宽厚的

词语是宽厚的

老花了的视线夹在门缝里

于是，天空狭窄成一缕阳光

田亩狭窄成一道田埂

女人的肚子狭窄成一个孤单的娃儿

词语狭窄成一声叹息

一碗汤粉的叙事

将一碗汤粉吃出"唆唆"的声音

辣分子矫健地踏入身体的每个角落

舌、胃、肠热闹起来

每个细胞都热闹起来

像春天一样热闹

像这条街一样热闹

我清晰地分辨这种辣味,与湖南的不同

与重庆的更不同

犹同很远的声响

从子固路到绳金塔、墩子塘

面对一碗汤粉的叙事

重重地呼吸,所有的毛孔都张口

让发鬓享受一场腾腾的雨

淋漓而痛快

让松弛的脸向红领巾的色泽靠拢

让萎缩的记忆向阳光靠拢

我就这样,在火车站的一角

将一碗汤粉吃出"唆唆"的声音

我是后代们的一个故乡

澄亮的山川里

时间线路图上的迁徙、逃亡、私奔……

祖先驻足的地方

就是我曾经的一个故乡

月色里栖居，阳光中生长

每次跌撞地走来

丢下了粮食、屋舍、牛羊

也要死死抱着诗歌和音乐

这是内心的一种力量

浸润成身体里的基因

随着我们一起繁衍

延绵在吃货的世界

我的遗产只是给后代们一个时刻

在记忆中百度我

就像我百度西风、古道、瘦马

百度他们那个诗意的故乡

我们吻过的女人

我们吻过的女人坐在草垛上

枯竭的嘴唇失去了春天的水分

请谅解我们过于宏大的叙事

我们再没有气力将理想的巨石又一次推到高处

等你长发及腰，人生却仓促地老去

那些高傲的青春进入到乏味、雷同的日常

时光寂静得像一轮岁末的太阳

买菜、洗衣、拖地、煮饭……

根据生活的公式演算柴米油盐

我们没有下辈子

所有的爱情像虚构的往事

古老的谎言在平民的编年史里索然无味

我们一直在悔罪

清扫着岁月的战场溃败下来的秋景

和月亮、雨丝一起

在天堂和地狱之间

想起那些我们吻过的女人

洗衣机

洗衣机的枯燥声音

将平民换下来的日子一圈圈地搅动

我想起自转的地球，喇嘛庙的经筒

还有钟表尖尖的指针

生活是旧的

每一天的到来都看不到新意

只是努力把这个中年过得干净些

身体

我的身体里秘藏着八千年前的万国版图

那些蒙昧的部族从头发的丛林

涉过沟沟坎坎的器官，赶往辽阔的胸膛

我混杂着他们的性格

他们勇猛的脚步令我躁动不安

时光让他们缴械，他们的仇恨平息在我流淌的血液

他们在我的细胞下葬，在我的细胞生长

我的身体是他们最后的和平，是统一的景象

我带着万国的版图和八千年的行程

贴在了一张宽大的床上

一张白纸

一张纸，抛荒在空旷的晌午

我沉默了很久，不透一丝风的沉默

不知道该写些什么

才可以将一张纸的孤独驱散

我，一个中年人

动物性在退化，植物性在生长

一支笔里有许多想象要告诉纸

古老的汉语还能摆出各种春天的姿势

可是今天，对着一张纸，面目模糊

一张纸的沉默是白色的

像一个圈场，像寸草不生的荒野

苏州河畔

天空是苏州河的一个源头

这场雨表现出汹涌的动物性

我在第五楼的窗边

玻璃隔着几十年的生死

乌云是旧的，急风是旧的

惊雷、闪电和雾气都是旧的

我看着雨挥师而下

它们摔在地上，投入江里

喊着同伴，声音喊进我的血管和骨头

上海在一场情景再现中

变得很荒凉

我在第五楼的窗边，内心比这场雨

更加躁动，更加辽阔

仿佛站满了一群焦急而无力的旁观者

米粒是一只猫

我和米粒住在安居房的四楼

米粒是一只猫

长着和伟大的猫科动物——虎

近似的面孔

却藏着鼠一样虚弱的心

米粒在安居房的四楼

陪着我越来越苍老的人生

我们慵懒地待在一个隐蔽处

看着世间散落的繁华

登高

天空的颜色过于蓝

我用风的笔法，将一条路写到最高处

把一条路上的牛羊赶上天空

以及人间的汹涌、忧伤都赶上天空

每一座向往天空的高山

努力奉献树木与热烈的情绪

风吹进我的身体

吹进了一片起伏、跌宕的山河

我带领群山，祭出湛蓝底色的一团火焰

这是时光的物理形式

所有的人生在其中融化

用力一撒，那些亮晶晶的灰

粘满苍穹

穿过

我们一直在横穿

比如白天、黑夜，以及冷暖不一的时光

每一滴雨水打在脸颊上

都有一种痛觉的人生和流淌

每个人的心底都有洼地

积蓄这个世界给予的忧伤

就喊这场雨

将夏天的脾气冲刷干净

露出它透凉的心，露出它的果实

秋天足够宽敞

足够堆积丰盛的果实

足够让那些风和雨水荡来荡去

我要像天一样腾空自己

装下林子，装下风和盛大的雨

过些日子，它们发酵出绵长的缭绕

融化提早到来的所有霜冻

送夏兄之闽东

一部流浪史的最终完成需要多少脚步来叙述

吐露一地琐碎的叶子，透着彻骨的凉意

你走的那条陆路

像深深的皱纹，夹进崇山峻岭

不知道哪座山的背面是预设的结局

你走的那条陆路，向着弥漫腥味的落日

像它一点一点收掉的光芒

舱口

起飞了，一跃就过了屋顶

车似蚁群，繁忙的街道收缩成大地上的网线

看不见人们之间的贵贱、喧嚣、纷争……

飞机过了山脊，过了云端

跃过那场缠绵的雪，跃过所有的恩怨离愁

天上一日，地上一年

面对壮丽的太阳和一杯咖啡

我掐指一算，四小时以后的三亚正是夏天

我想跑过那场雨

我想跑过那场雨，弥天的大雨

像积攒了多年的仇恨

噼噼啪啪地，打在肩头

雨是有硬度的，也有光芒

冷冷的光芒穿过身体

扑灭鲜艳的下午

我努力在跑

跑过闪电，跑过苍茫

跑过一地琐碎的往事

这场痛哭里，我像被击打的乐器

在荒芜的人间，低着头

临摹

为了活得像你

我十遍百遍地临摹

在童年般的白纸上

同一个目光的角度

不考虑思想的距离，不考虑生活的态度

枯燥、冷寂地临摹一种很久远的人生样式

临摹也算经历

尽管形貌和内容都不属于我

像在不可靠的梦中

将你复制到这个粗糙的隆冬

清冷的大地上

临摹三月三的天空，你带着墨的气息回来

看着你不属于当下的表情

看着你渐渐变成我们的兄弟

把最好的时光临摹下来，包括你的家人

还有初熟的黄酒

让大地返青，溪流欢畅

即使摹得再像，也不可能回程到一千多年前

我只是想深深地走进你

忘掉自己的血肉、疼痛以及模糊不堪的日常

草民

草民，枯荣一生

回到大地的子宫

清点遗物，包括乡音和血脉

碑上是一个省略正文的传记题目

哭过了就是一阵雨

爆竹响了就是一串雷

这个世界只是赶出来的热闹

对于一轮一轮的祖宗们

一茬茬清明过后

渐渐就荒成了粗野的山河

化石

每块石头内部都睡着一小片声音

水滴忍着耐性

敲打坚厚的旧时光

激活一场广阔的大雨

那些野性的奔跑中

只有一个足印穿过轮回和神的目光

跑到我跟前

我想起几亿年前一张古怪的面孔

互不相识，却心有灵犀

我伸出一根手指

用力地按在大地上

希望再过同样的年份或者更长

会有一串时间的铃响

在这样的山巅回荡

陶渊明

菊的祖国是东晋，那里的秋天过于肥沃

把家安在东篱，等着一首诗请它过门

贪杯的陶渊明锄着大地

让田亩分出诗行

他用一簇菊驱散这个下午的火气

像是举着掰开的山河

跑进了酒香

长成后的句子掷在了南山脚下，挨着潦草的云雾

都说菊是他的足印，我们跟着菊花来找他

陶渊明的句子将世间分成两部分

迈过去，就要迈过辽阔的寂寥

追赶群山，追赶一群神仙

山从地里艰难冒出来

努力挡住外面

它是登天的一条途径，曲折而孤寂

我去梅岭，追赶群山，追赶一群神仙

每座山峰都是神仙的塑像

因为我们不知道神仙是什么样子

只知道他们离开了城市，离开了国家

他们没有饥饿，没有冷暖，没有忧郁，没有一颗奴隶的心

没有了一切可争的事情

我带着神仙脱下的胎，换下的骨

踏着洪崖丹井的音阶

追赶群山，追赶神仙，追赶着一种平民的理想

晒着太阳的老叟，塘边洗衣的村姑

一个很深的笑对着我们

世界辽阔，我只需要一个高处

让我在这样的冬天

可以看到心的上方住着的那群神仙

在前坊的一座村庄里

雨轻柔如羔羊的绒毛

我们皈依大地，皈依乡村

似同皈依诗歌这样的栖息地

没有城市和虚伪的灵魂阻碍我们的目光

一切单纯得透亮

世界很大，其实我们从未离开过自己的村庄

我们想起祖先，试图回到农民的身份里

分辨琳琅满目的果蔬

在我们背叛过的泥土上，锄地，种菜

我们相信土地和哲学

相信古老的理想还在新鲜的空气里生长

土包

我的祖母都结成山上的一个土包

土包上的花和春天站在一起

土包上的叶像风那样徘徊

每天的阳光从东边到西边

照耀着她坍塌的老屋

照耀着她耕耘过的田亩

照耀着尖尖的土包

土包是小小的峰峦

不挺拔，不雄阔，却是祖母最后的高度

她好像还蜷缩在山的怀抱里

看那条经久的水流

我从一只只土包边走过

像穿过一个村庄

像穿过朴素的山河

一个村庄就这样静下来

祖母就这样静下来

每天的阳光从东边到西边

花和春天站在一起，叶像风那样徘徊

檐老鼠

阿婆说，老鼠偷吃了油盐

就有了飞翔的样子

它们和人类都是群居动物

一样养儿育女

白天是它们的黑夜

黑夜是它们的白天

似乎此时

才能相安无事

人类才能腾出足够的空间

让它们飞翔

身体里的刀光

我的身体是日益斑驳的鞘

隐蔽着一片刀光

削我的骨头和岁月

时常有一种被砍伐后的荒寒

阔大的暮色里，许多爱的人挥挥手就走了

疤痕像灵魂序递的标号

我失去了一次又一次芬芳

我努力区分刀光与月光

努力将光影流年里秘密的痛

消弭在邈远的人间

飞机上

我在人声鼎沸的机场候机

顺便买了一本《中国简史》

东航的飞机准时起飞

呼啸的火车像一条线虫

笨重的货柜车就在我的拇指下

湖泊像雨后的积水，河流像条沟

飞机将越过唐诗宋词中描写的大好河山

飞机将越过喋血的战场，讨生活的土地

飞机将越过许多人的幸福和痛苦

这里有多少被历史忽略的人和事

浩瀚的云层中，我看看端坐的太阳

没有表情，也感受不到它的温度

我继续翻书

起飞时读到秦始皇东巡碣石

到达乌鲁木齐时，我还在玩味万国来朝

开车去拉萨

我很想让一辆越野车大口喘着

撞入稀薄的空气

在一个秋日，适合发射火箭的天气里

将我存放多年的愿望，瞄准拉萨

出发

一路重蹈文成公主的渴望

过量的惊喜在胸腔循环，直接导致

我们肺部缺氧

一窝远离凡尘的雪山呵

经幡掩不住的冷艳，我想起白发魔女

正用神秘藏刀的寒光逼向我们

刺痛一张张被江南宠惯的脸

我们头晕，气促

任清凉的阳光换下我们一身的俗气

任它放养的藏羚羊回头窃笑

车轮——四只转经筒

翻过了唐古拉，布达拉宫念诵着拉萨河的声音

就会越来越耳熟

阳光让这个冬天很荒凉

靴子踩进雪里的脆响

在这个冬天很清晰

几只黑色的鸟无聊地

活动着它们的翅膀

大河已死，结结实实地冻在城市的边缘

我开始变成一块很重的石头

盯着那棵脱落得干干净净的树

多余的阳光下，我懒懒的心

荒凉得没有一条路

可以伸进去

过冈

已经三碗了，就别过冈啦

山里也没大虫

如今的虎豹都是人工喂养

像喂猪一样

这酒不是勾兑的

你侄女结婚时特意留下来罚你的

上等清明老酒

那时你跟着康巴汉子进藏

拍什么闲照片

这年头艺术都卖钱，你卖命

罚一碗再说

踏实地喝口土鸡汤

鸡呀，从小就放养在后山

锋利的爪子，都能飞到树杈上

还有野芹菜，你嫂子赶早采的

炒的牛肉可没注水

都是下酒的好菜，走一碗

说说吧，当年你领小丫看了《佐罗》的夜场

是不是偷偷地亲了她

还有，那次你一身伤回寝室，硬说摔了跤

是不是为我出头，跟别人干架去了……

痛快的话很多，再——走一碗吧

如果李逵不发酒疯，鲁达酒后不揍人

都可以喊他们来

耳朵麻木了好多年

今天，2010年第一个霜夜

那些藏着的话，也发酵好多年

一碗碗地举起来，举过额纹

喝下，我们的耳朵会很暖和

当雪花凋谢成水

当雪花凋谢成水

可以听到重生的冲动

大地浮动一种情绪

——这是地球行走的意义

一头看落日，另一头看朝阳

我们是地球的存量

一位伟大的神亿万种变化

在视角关系里

一万年前在，一万年以后

还会与你相见

生活跟着一只球滚动

赶一场热闹，来到人间

成群结队，以植物为邻，以动物为伍

草虫看我们很大，苍天看我们很小

低头踩踩脚下 60 万亿亿吨的土球

每双脚都是无力的

生活跟着一只球滚动，循环往复

追着东边的太阳

赶着西边的太阳

衣食住行，结婚生子

陪孩子们长大……

有双手指在键盘上敲打着我们一生

让我们跟着一只球

苟且地滚动

高铁上

远方是一个伪命题

庞大的冬天围堵不住

一列执意追赶相思的高铁

江湖一瞥而过

石头重新变回神女

高铁用两行直白的诗

足够表明它的情绪

几小时开外

还有一场未结束的芬芳

通过那些隧道

一个个洞穿了的伤口

只是为了把所有的故乡

携往他乡

大唐的鬼魂

每个人都有心怀天下的理由

哪怕是杜甫这样的小官吏

他生于唐朝，死于唐朝，他是唐朝一张苍白的脸

他窥视着虚伪的大唐，老花的眼看不到鲲鹏

人生巨大的幻象里，他端起李白的酒杯，抱住饿死的孩儿

他是金碧辉煌的帝国倒下的影子

一个大唐的拾荒者，游走在苦难的际遇间

像溃烂部分伸展的肉蛆

一声声哀歌，苍茫的夜色里爬向高处的鬼魂，哭塌了盛唐

江山不需要这样一个爱说事的老头

你只是叫杜二，一粒粒字，一文文钱

一杆秤拎不起坚挺的诗句，却足够拎起一个诗人的日常

他在马蹄腾起的灰霭中质询着帝国，像自说自话

一捆天才的诗补不了屋漏

老杜用一间孤立的草堂装下帝国刮落的繁华

八大山人隐藏在一只鸟里

八大山人隐藏在一只鸟里

独立的脚暴露了他的存在

他的墨洒向哪里

哪里就有被击中的疼痛

他将道观当成了永久的故乡

明朝是一件破旧的道袍

他还穿在身上

每幅画都是他还乡的路

他就这么一直走

希望走出康熙的帝国

我们到画中追赶他

被一群枯山挡着，像条界限

那边是灵魂，这边是肉身

岱山的树站着

岱山的树站着

因为要撑起那些月色

每一缕光都是梅福返乡的脚步

梅湖里的一声水响

证实一个神话还在荡漾

梅福是村庄未解的秘密

我们拎着钥匙，却解不开西汉的锁

想必梅福就是一场正史之外的梦

一段关于生活状态的表述方式

我们在低处栖身

满怀季节变换的况味站着，等待一缕光

带领我们像梅福一样，享有天空

老樟记

风，将叶吹向冬天的心脏

埋过我们眼泪、灵魂和岁月的泥土

又在实施一个轮回

一株老樟是村庄最孤独的部分

它的根还紧紧抓着唐朝

枝丫焦急地伸向春天

我听见叶落下的声音

流传了一千二百多年的古老方言里

依然在谈论生死与一片樟叶的重量关系

大清的砖瓦碎了一地

对生活的复述已经疲倦

大清的砖瓦带着阴影里那些固执的寓意

碎了一地，过往的幸福潦草的存在

我们只是缝隙间力图推倒残垣的杂草

只是意识流状态的苔藓

哀愁暴露在炎炎阳光之下

蒸发成一朵孤独的云

一口长大于宽的天井正好可以遥望

酗酒的李白

确实是酒制造了李白

因为李白，帝国没有了规矩

黄河与蜀道，是李白神游的路径

一双找不到家的脚在酒的指导下飞跃三千尺

所谓的浪漫不过是李白当年抖下来的酒气

不过是不能回长安的理由

我们在课本里读着切成块状的酒话

把握不住他的词句，就像把握不住一个醉汉

死亡是李白唯一的出路

每颗诗歌的心灵

都是他高耸的衣冠冢

很多年很多年

当我看见那些从夜的死牢里幸存下来的光芒

认定那就是还在逃亡的李白

正沿着漫长的水路突破三峡防线

试图在黎明之前，赢得时间的大赦

郁孤台

郁孤台，因山林葱郁、山势孤峙而得名

辛弃疾在离我们847年的地方

以一首词做下记号

于是，郁孤有了一抹空濛的心情

天螺岭成了南方小小的贺兰山

下车大概一刻钟

就可以将南宋赶往山顶

赶进楼阁第三层，赶到辛弃疾给的定位上

我们的视野区区几公里

就是抽掉许多朝代，也抵达不了长安

只能看到低沉的天空

有一群抱头相拥的兄弟

箍出淋漓的汗

落在我们的身体上，落在江中

无数山间，卸甲的兵勇"哗啦啦"

熙攘地还乡

纸上田园

1

一只猫撞在宣纸上

就不需要流浪了

就成了画家的宠物

蕉叶当伞用，雨天遮雨

没雨就遮天空

挡着，像家的样子

哪怕，就一只猫

也要像家

2

和画家混熟了的鸟

才能进入画家的灵魂

就不再是一只鸟

立画成仙，就圆满了

很多年后，你还在那

带着与画家混熟了的表情

填满一张宣纸的空寂

3

抖动着羽毛

像极了一个风尘仆仆、养家的人

回家进门前抖一抖衣服

抖掉世间的冷漠

像换一张面孔，给妻儿

4

借着好天气，鸟与植物

在大写意的风景里

结成兄弟

一个秋天的动词，一个秋天的名词

彼此没有纠葛

低空飞行，布道的鸟

发出天空的各种声音

听着听着，心就亮起一串

黄澄澄的枇杷

5

在水上过日子
给一个春天
就升起一条河的烟火
嘎嘎方言里的冷暖
滚动起一条河的乡村史

柳叶是水流的韵脚
在风的旋律下
按照诗经的节拍
感应着一行行波纹的顿挫

6

有了鸣叫，浮动的时辰
就披上了明亮的春光
哪怕数九的寒天
空气里都流动着暖色调

唤醒一张纸，就像唤醒陈年的霜雪

开始大笔泼写的一天

像在荒芜的宣纸上，开垦出

又一个南泥湾

7

想和它们一起生活

一朵荷花，一只蜻蜓和一片墨叶

在宣纸那么大的窗前

以画家视角生活

在你的目光里，来说明你的在意

红荷的光芒打开天空的窗

让风进来，贴着池塘

和红荷一起闪动

一起流淌，缓缓地拖住季节

8

点燃了一个花朵

就有了悸动的灿烂

哪怕宣纸的栅栏里

给一个艳丽的视觉效果

都是让志存长空的鸟

回头时，找到约定

年年的花开

只等相近的灵魂

带入画框

看着一幅不凋谢的样子

让你不敢老去

9

繁杂的日常与大写意的简笔

有了比较

芭蕉、竹构成了单纯、静寂的刹那

我们只能目视，不能走入

仿佛在阴暗处窥探

那个被一张薄薄宣纸

隔开的世界

10

只有无尽的苍穹

才能享受绵绵不绝的叫唤

生于大地，长于天空

天生不怯场，有根高枝就是舞台，

鸟在树上就是花

花在空中就是鸟

它们搭配着，渗进春天

每一帧花鸟都是良宵

题上的跋文就是旁白

做一个心灵的笔记

只是让鸟继续唱，让花继续开

让春天在涂染中掩盖夏暑冬寒

11

眨一下就是嘀嗒

每一下都让人感受到逝去的时间

似乎又提醒

新的时光即将到来

现在，它瞅着

像瞅着画外的笔

12

皈依宣纸的果蔬

保持一个盎然的姿式，统一在墨香下

素养的日常

淼淼一身，与纸同寿

完成了流芳百世的念想

每张花果图都有回忆

交还童年，唐诗以及更远的隐士

大写意是一种奔放的心情

带着墨的情绪

在斗方或四尺对裁，一块小小的田亩上

找到热爱大地的理由

13

牡丹敷着红晕

天生带妆

天生懂得在绿叶间

站着 C 位

画她喜欢的漠然、慵懒姿势

才表现大朵的艳丽

才能看出宫廷里的妇人

如何模仿她的贵气

14

很想发出声来

告诉人类，最早的乡音

多动的皮囊

被一笔墨整安静了

只是眼睛里

保留着一只猴的脾气

15

只有流逝的水，没有流逝的爱情

至少鸳鸯是这么想的

盈盈一水间

没有衰老了的年华

只有同栖同宿

像水一样缓缓流动的爱情

16

菊的呼吸里有东晋的凉意

宣纸移植了两朵菊

用红颜料才能照亮宣纸

才能成为秋天的光焰

坚韧的物种，色泽就是它的骨头

因为有风

有还以世界的颜色

就有一个坚韧的态度

17

只有在有人的地方，才有快意恩仇

水墨，此时暗香浮动的影子

浓淡枯湿，宣纸上分层的季节

聆听时光的声响

每只在大地上落脚的鸟

都在寻找它的前世

它也曾经是一个茹苦含辛

的断肠人

以前眺望长路，现在守着长空

18

鸟也有当王的心

找到一块石头

就向春天发号施令

像一只跳出了灵魂的鸟

在一张纸宣里，春天的最深处

激情耗尽，不可自拔

19

人的心灵才是浓重的阴影

那些不请自来的风

透彻心扉的泼写

你就在风中回味

低吟浅唱的墨香葫芦

20

一百个孩子会在笑声里

沉淀的生活会在笑声里

含着大好的秋天

于是，画风的形状

刷刷的，风里的香

延续一个不衰竭的时节

21

丰饶的宣纸

一笔下去就是好收成

顿时就是累累的葡萄

省了种植、施肥、培土……

直接在笔墨运动中到了秋天

结在纸上的田园

用几十年上百年的清寂

也做一次归隐

22

向上生长，花叶披挂

这是紫荆的哲学

进退有度

苍穹笼罩的时光里

落在笔墨下，开在绿叶间

一场欢愉

就再也不属季节

和摘花的少年

23

鸬鹚要带走一条河

带进它的身体里

让所有的鱼在身体里长大

画下瞬间，才不像摆拍

一转身，就会是一场雨

那湿漉漉的光阴

被一江不安心的水

带到目光的尽头

庐山记

1

用力折一下

翘起险峻的叠角

取名庐山

缺了的口子

蓄上水就是鄱阳湖

庐山，一座有姓的山

被神仙公有化的匡家私宅

留下"匡庐"

——一个老斋号

当匡家的凭证

树林成捆地堆在山腰

也有长舌的竹叶，风一来就多事

坚实的毛栗，扎堆的小刺猬

不肯露头

尖顶的峰，平缓的山脊

匡家的祖屋：一幢千进万进的大宅

神话是浪漫的乡愁，在雾里弥散

偏远的村庄

结成一些大箩筐

装着匡家的陈年旧事

挂在山的背部

我站在门边，像在一个埠头

眺望辽阔的月色

想起炊烟向苍天升起的白旗

却找不到隐秘的囱口

我感觉着身体的卑微

和一颗容易枯旧的心灵

重新理解神，与万物和解

他们就羽化在头顶三尺

落下眼泪就是倾盆

长呵一口气，云雾就翻滚起来

2

硬实的庐山

被几条粗壮的水路

拧着滚动的浪

用鄱阳湖打了一个结

每根桨都努力

抖去含鄱口落下的目光

它们是庐山脚下

巨型的软体动物

一年四季气喘吁吁

伸缩，伸缩

3

冰川背负千万吨寂寞，泥沙俱下

在山体留下亿万年前的刺青

像我这样爱山的人，合群

那么多峰峦，都是我想结拜的兄弟

只是辈分相差千万个轮回

在天工、人类与时间的巨大遗址里

我们的一生都是在跑龙套

折着腰，路过一座山峰和另一座

4

像插在赣江顶端的旗帜

号召整个水系的浪涛

奔涌向前

连绵起伏的时光里，匡庐是众山的领袖

高过岸坝、人间的楼宇和傲慢的头颅

高过杏树、松柏以及

一节节向天空行驶的青竹

高过险峻的路程

高过 1400 多米的海拔，高过了几百年，几千年，上亿年

一条条山道，像缠绕、坚忍的丝瓜藤

合力把人间拉到山顶

所有路上的生灵，最后都走失了

这些世袭的路

一万年层叠的脚印将岁月夯得结结实实

跨上最高的山，仿佛才能驾驭这千里的葱茏

每个站立的人都有煞风景

却在阳光里获取了

一个个金身

那高耸的崖是庐山的尽头

群山只送到这里

被水系五花大绑的大地

暴晒、冰冻和雨淋

我走过的江湖，恢复了本义

这里的故乡都长得差不多

坑洼的山河和打着许多补丁的八千里平川

田野的百衲衣补了一块又一块，针针扎心

又像一块块案板，上面该是许多嘈杂的人生

5

一座座山站起，牵扯着大地的经脉

群山戛然而止，堵在陡峭的崖边

前面是庐山的额，也是险境

从田野昂起

眺望三千里的浩渺以及生死交错的流年

一脸留着冰川世纪的冷峻

皱纹，其实是神用大篆

在亿万年光阴的青冢上

凿刻的墓志铭

扦在江湖之间，想以洪荒的定力

拴住那些走得太急的风浪

6

庐山是十八代的祖宗供奉在云雾里的神

房门对着山，端起大碗就像把山盛起

四面八方的山箍着人间

有庞杂的道路交叉成万缕烦恼

在庐山的麾下，就有一种底气

可以杀猪宰羊，可以结网捕鱼

可以大口嚼着粗粮

可以在死后

照着山峰的样子，垒个坟头

7

一片海悬浮头顶

万世的风物封存在蔚蓝之下

我从人间抽身而出

一贴风景，体内的阴霾下沉

目光一寸寸地

感受着光明的高远

给山峰取好听的名字

给峡谷取好听的名字

给一条条溪流都取好听的名字

每个毛孔都敞开成一扇窗

诸神的院落里

花在开放，云在缭绕

8

我去追赶头顶的神灵

左拐右转的山路，松开尘世的大绳

把人间甩得远远的

疾风翻腾出发丝下的岁月

每一步都是余生

山下是脱掉的衣锦

扔进万世的苍茫

身子终于像云，了无牵挂

9

山与山的夹缝里，还留出一条路

像垂下来的脐带

沿着上去，就打开了群山

破出的溪水，哗啦哗啦，一群往前拱的小马

它们的鬃毛，披着阳光

我们一再相遇，却是各自方向

以山为双亲的人都不在了

剩下那些坳，像开裂的子宫

世俗的脚印

每一个都令伤口复发，群山痉挛

10

岁月肠道里的结石

一副副铿锵的面孔，布满山谷

拍一拍，亿万年铁了心的声音

抓紧它，拖住飞行的时光

11

人间一年四次翻新

从来就没有过所谓的旧时光

每个春天都诞生于它的前生

那些飘过的叶子重新长回枝头

沾染了春光的枝头，从不回避灿烂的情史

桃花在四月，在阳光和雨水做成的叶子中间

神情还像唐朝的祖上

一个个面带桃花的男子混迹其中

每个生命都是孤本

苔藓艰难地爬行，表明立场

不懈怠自己的春天

花香是免费的，但春天从不兜售一朵花

风让我长出翅膀

从山下一只软体的爬虫变成了花上的蝴蝶

12

我掬了溪水

将五十年的人间履历洗得像云雾一样干净

在山顶，身体空寂了，沉积的浊气都吐了个干净

那座孤峰，像大地愣愣指着苍天

悬石像个小拇指，很拽的样子

从一个隐蔽的夹缝伸出来

我给庐山带来的只有脚步和一粟之身的重量

听不清四面的歌是楚国的，还是吴国的

风里藏着一万支冰冷的箭，穿过腾空的内心

我举手向苍天报到

像金字的塔顶举起一根笔直的天线

我和神站在了一起

我是光芒那边的人，用大脑呼吸

用身体上所有的穴位呼吸

在一枚坚硬的果核上，获得了完整的天空

生我们、埋我们，囊括我们所有轮回的土地

剩下了地理概念

恩仇、繁华、苦乐……那些微观的细节，不入眼帘

旁落的大湖就是一摊积水

生活再也没有了惊涛骇浪和不舍昼夜

我只有日月，只有葱茏

只有一道道滚过大地的季节，运输着色彩

13

前人用一首首诗歌立下了图标

向庐山递交投名状

拴住那些层叠的王朝

格律注释的实景

老诗歌就是进山的口令

这里的山只等爱诗的人

山风，喝足了

喊上一嗓子，群山就会帮腔

声音在山谷里伸进二千年

从民国传到清，传到明，传到宋，传到东晋……

庐山不喜欢雕琢的词汇

我像诗里尽了力的汉字，努力复述一些句子

所有的诵读都是一次次擦拭

将繁体的词句擦成简体

将四面的方言擦成娴熟的普通话

每一首古老的诗歌都指示着一个苍茫的版图

他们放下写好的诗，表明来过

我是前人复活的一次悲伤

复活的一次惊喜

复活的一次灵感

熟悉的前人之事，此时

像花事，重新生发一次

14

路是一个序列，很多年很多人沿着上去

我前面的前面的前面……有一位叫李白

李白前面的前面，一位姓谢的驴友上山

每次都精心准备行装，比如谢公屐

这鞋穿着，上山时就想着下山也方便

他放不下人间

山水诗是他的一种装扮，就像香囊

他在庐山绝顶望诸峤，也望着红尘

这山巅抬高了澎湃的俗念

云雾在内心滚动，他们想着桃李春风

从哪条路上山，谢灵运、李白就从哪条路下山

他们将汉语的况味带下山

回到万劫不复的命数

15

从云雾里取出许多山峰

从山峰再取出许多树林

崖壁像宽广的胸，挡住了秦汉

鸟鸣、溪水和岩石都是山

直观的偏旁

我很想迷途，每个忘记回路的地方

或许就有一个世外的桃源

我可以从像喉一样幽深的暗道

滑入庐山与世隔绝的

草木的内心

16

一朵十万八千里的云落下

山峰，一个个强壮的词

被囫囵而下

树林、茶园、溪流都在它冰冷的胃里

水珠沾满繁华的草木

它是想把时光锁进山里面

晨钟响一万年

招谢灵运、李白回来

再也不下山

17

山拥有弹性的线条

像一种飞翔，将峰拔起

带进云端，对着第一波撞过来的阳光

山有铁打的肠胃

吞下炽热的太阳和一路拖带的白昼

从这一端，又吐了出来

解构全部的夜

露出一个完整的山河

我寸功未立

身上堆满金闪闪的光芒

呵，光阴本是荒原，只是被葱茏掩盖

18

天一开腔就是雷雨

一场大哭，我们惊慌失措

乌云趴在山崖上

它一定是看到了比人间更深的苦难

乌云自带杀气，成片的黑色大旗

从天而降的雨

一个冲锋就将这些山头攻陷

我在雨中奔跑，想把这场大雨引开

摆动的四肢，被风吹凉的热血

重新加温

一万条下山投军的溪流

在雷电的助威下，打回了老家

我将这七月的雨甩下万丈的山崖

天就高了一丈

肥壮的水系面前，地也就矮去了一头

19

云失重了，那些雨一头栽下来

好像整个赣江都回来了

还欠父亲一场眼泪

庐山最后一程，送走堵着光阴的一些苍茫

这一眼，代表全部的江西

赣江踟蹰出一个大湖

它将在长江成群的妻妾里

不再拥有自己的名字

这里完成了山盟

就往东去海边立誓

20

粘竿高高举起

把夏天一只只粘完，山就空了

奔腾的香火将客居的佛祖

立地成为中国国籍

每片叶子都是经幡

风一过，就有无边的梵音

我们不作声，只聆听

接近虚妄的经文

古老的腹语传给禅院的钟声

传给山谷、花朵、流水和每个生灵

野菊在草丛里打坐

静静的水在如琴湖打坐

我背着阳光，在身影——那细长的席子边上

坐等风，撸光我潦草的半生

换下燥气的血肉、骨骼

这一生的枯叶都落了

我已深深地埋在风里，一身清凉，心生悲悯

悟的尽头是空，我们的头顶密布凡根

和成堆的草一起拂动

而你早早地剃去

青灯的灵感来自月亮

我和你一样打坐

坐成一片无边的光芒

21

每个洞口都是大山隐蔽的眼睛

看着缭绕的香火与云雾会师

看着那些官家上山避世

又赶着乘山下的船去赴任

看着候鸟南渡北归

它们没有江山社稷，只有阔远的天空与大地

看着昨夜的圆月缺了口

飞出一万只去花径的蝴蝶

看着花朵这个季节活着，下个季节死去

看着大小不一的卵石

这亿万年的蛋能否再孵出一群山

看着云端的包厢里坐着默不作声的神

从西边伸来艳丽的手

似乎只有霞光走过，才觉得世间的空荡

22

天空卸下万吨的云雾

像卸下了一个跑马场

它们是这些挺拔山峰的私产

闭抑在万壑之间

围着一束束的阳光撒欢

找不到灵魂与方向

面对云雾，我的内心像一只空杯子

大片云雾可以生成小瓣的绿，煮出来

有了沸腾的情色

胸口被一层暖暖的云抹亮了

就可以脱胎，换骨

23

茶凉了，我知道这杯里已经有了秋意

秋天趁着暗淡的月光

提前摸进牯岭

它拿下所有的高地

在枝头变幻出千万面皇家的旗帜

太阳丰厚的财产交给了那一大片树林

我目光迷离

可以确定，果香就是阳光的原味

24

山深了，就会有寂寞

何况重重叠叠到三更的夜色

何况还有漫漫的雾

灯一起

像冬天划亮的火柴头

朦胧的眉眼，我确信

每盏暗淡的灯火都来自民国

就有了前朝的情绪

将我快递到文言与白话混淆的地方

影子怕光，在我身后，像怕生的孩子

一群民国人结庐于此，分割匡氏的地产

以神灵为邻，才垒得那么严实

仿佛屋里谈的那些人间的事

都是秘密

空荡荡的民国，每个主人都离开了

它们是民国寄存下来的疆土

住进去，在民国客居

更像是看管一些年份

25

蜡烛，被光一点点地

沉到夜的底部

摁住每个字，它们跑出去就是星辰

烛光是一种语速

照着万卷书里竖行的语录

像工整的路

一头指着上天，一头对着天下

每一本高妙的书都是圣人的庙堂

层叠的山峦是大地凝重的思考

收进八千里的壮志，扎紧在白鹿洞

人生有一张地图

到白鹿洞，然后再去京城

26

那么多雪进山，举行纯色十足的葬礼

像一片片的云剥落下来

从牯岭到花径，再到含鄱口，五老峰

庐山迎风冻在洁白的哀词里

雪入夜，仿佛回到了一张黑白的照片

每片雪花都有各自的风情

慢一点，再慢一点

慢到有足够的时间寻找丢了的魂

雪，一副患得患失的样子到山里来

它的六神还在天上

27

雪下了，山就有孤单

千峰万壑，像孩子们穿上了统一的校服

我们都领一朵自己的雪花回家

从未感受过温存的雪花

回暖成掌心的内陆湖

此后，就有了世界上最小的一片宁静

28

山口的雪混进我的头发

我与庐山不同的是——

它会返青，我只是一条通往隆冬的单行道

于是，我合上眼

想把一场雪关闭

29

我收拾了一下前半生

木质感的老脸纵横着世事

以一位父亲的脚步

由好汉坡往上走，倒叙我的生平

这些山峰与天空并不接壤

我在五老峰

重走一遍童年版图上的一个边疆

我的脸越长越枯燥，一副入冬的样子

我想起出生不久

山里下了新雪，我哭得很孤独

像面对一场盛大的法事

这些山峰认出了我

我摆开桌子，倒上酒

杯中的酒起了涟漪

我知道他们馋了

生活的简史，仿佛只是离开和回来

第一次来是孩童

今时去，已是半百

30

天空有些挥霍，拔下一根根的雪

我海拔一千多米的手心

忽然感到天空那昏暗的痛

每座翠绿的山峰，终究会有苍老的白头

我踩在雪上，踩着冬天的衣角

暂且不要被溪道草草地带走

我需要用一场雪去想念不知踪迹的隐士

用一场雪去表达群峰的轩昂，清傲

雪像是色彩的尽头

我准备了一壶壮烈的酒

冬天的冷成为梅的修辞

醉酒的梅，一朵一朵

酣畅淋漓地放大了它的红艳

好像在独自抵挡

整个庐山汹涌的雪

31

锦绣庐山，花径是一条锦缎

看花的时候，我们要像谦谦君子

每朵都开在我们的二十岁

一万种方言在这里平平仄仄

一万对蝴蝶将梁山伯与祝英台请上山

一万场《庐山恋》不谢幕

32

最傲慢的孤独是站着的

从石头里爬出，长着鳞须的物种

抓一把地上生锈的松针

补过多少岁月的痛

以及天地之间漫长的缝

一万片雪，一万丈的深渊

一万个仰视它的凡人

只有一场封山的大雪

才配得上风口的松

只有高昂的山峰才配得上

松的站立

33

太阳绝尘而去，扬起最后的云彩

扔下一件披风遮住了全部的生活

像铆入了一个深处

月光有刺，探照着生灵

身体是灵魂的保温杯

像在云雾里的茶，埋得很深

需要阳光热情地冲泡

才醒得透彻

34

星辰铆进天空，避免它的坠落

光明的遗产柔软而清凉

消磨着这场黑，把银屑子撒我一身

夜堆积在烛盘上

花叶熬过整宿的泪珠

都交给辗转归来的阳光

不让晚起的孩儿们看到

35

王羲之的鹅挺着脖子

对于一只鹅，傲娇的冠就是高峰

一群鹅像移动的白山

于是，王羲之在墨池里

用几支笔洗出一片黑水

36

山谷过于空旷，怕是听不清才刻下来

于是，灵魂种进了石头

石头固住的灵魂，才能和五老峰一样安稳

内心就会有果实的分量

大石紧紧抱着苍遒的汉字

这些语录暗藏天机

他们在等，久远的时空，一定有位知己会来

37

石鱼，石鸡，石蛙……

好像这山上全是石头

每个生命只能在逼仄的缝隙里

背负着阴影和清寒，慢慢生长

38

那些森严的王朝散装成一首首诗

我们手里捏着词语，脚步押着韵

在起伏连绵的行板里

截取一些短句

找找李白、苏东坡们走的道上

还有没有遗漏的灵感

给我一条路不够，太多的诗行要走

每首诗都是远去的背影，一场过往

我慢步走向每一座隆重的山峰

清点庐山囤积千年的好句

39

酒肉穿肠过

陶渊明一身酒气，李白一身酒气，我一身酒气

从山脚到山顶，我们经过

从日出到日落，我们经过

岁月在面前很阔，在脚下很窄

我们经过神的眼睛

和猪牛马羊一起

和春夏秋冬一起

和植物草虫一起

跌跌撞撞地穿过羊肠小道

神一眨眼，我们就经过了从生到死

40

前人，今人。几百年，上千年。人类

驯化的与野生的动物

我们的脚步走在了同一条路上

从夏日的人间向阳光的上游

却走出了一层层的秋色

路把我一点点地交给山

像在精神的容器里，上升

升出了山峰，像苍天眼中的钉子

41

山的尽头是将下的黄昏

悲伤极处是壮烈的红

英雄的最后一升血

献给老朽的诸神，暗去的江河

追逐光明的万物

此刻，变得很孤独

水响、云雾都是飘浮的时光

我看到了灵魂的盛开

夜给了色彩无穷的深渊

红色是最后一道

纵跃而下

一夜的孵化

便有无垠的光明

后记

承蒙谭五昌教授的厚爱，策动了这本诗集的出版。

想一想，距离上一本个人诗集，整整过去十四个年头。十四年，一个对世界懵懂未知的婴儿已经可以上高中了，而这十四年，我对诗歌的理解几近反复，似乎依然懵懂未知。这些年，我把更多的时间投入文化随笔、艺术评论、散文、剧作当中，但诗歌如影随形，我确信，它是孤独者的影子。在诗歌里，我们保持天真的浮想，保持一贯的样子。这个很重要，像精神上的吐纳。它让我直接面对情绪，像触须一样的断句，敏感、自由、开明，无论内视还是外观，都能抓住闪念，对感知的传达利索、自我，洞察即时状态下的一次次心跳和汉语言的无穷魅力。我很珍惜过程中的直觉、意趣，在日常充满灵性的絮叨繁复或是简明的小资情调里，融化心头的戾气、郁结，澄滤程式化的朽旧以及一些过往。在内心的桃源里，笔下就是远方，这是多么幸福的事。收罗中年时代的闲余，结成《万物横生》，像藏不住的独立空间，终究要向岁月坦白。

邓涛

2022 年 3 月 31 日于南昌拾味舍